KB116123

청어詩人選 210

가을의 거울 앞에서

강혜련 시집

청어 도서출판

가을의 거울 앞에서

강혜련 지음

발 행 처 · 도서출판 청어
발 행 인 · 이영철
영　　업 · 이동호
홍　　보 · 천성래
기　　획 · 남기환
편　　집 · 방세화
디 자 인 · 이수빈
제작이사 · 공병한
인　　쇄 · 두리터

등　　록 · 1999년 5월 3일
(제1999-000063호)

1쇄 발행 · 2019년 11월 20일
2쇄 발행 · 2022년 11월 20일

주소 · 서울특별시 서초구 남부순환로 364길 8-15 동일빌딩 2층
대표전화 · 02-586-0477
팩시밀리 · 0303-0942-0478

홈페이지 · www.chungeobook.com
E-mail · ppi20@hanmail.net
ISBN · 979-11-5860-704-3(03810)

이 도서의 국립중앙도서관 출판시도서목록(CIP)은 서지정보유통지원시스템 홈페이지(http://seoji.nl.go.kr)와 국가자료공동목록시스템(http://www.nl.go.kr/kolisnet)에서 이용하실 수 있습니다.(CIP제어번호: CIP2019042742)

가을의 거울 앞에서

강혜련 시집

시인의 말

가을 그 잎새마다 빈손이어서
봄은 또 다른 잎새를 피워낼 수 있으리라!

거울 앞에서 부끄러운 빈손은
또 다른 나를 데려올 수 있으리라!

2019년 10월
강혜련

차례

2부 어머니의 뜰

3부 목련꽃 창가에 앉아

1부

쑥뜸 그 향기

구르몽의 낙엽을 밟으며

걷기운동이 무릎 건강에 좋다는
정형외과 주치의 조언
가을 공원의 가벼운 산책을 끝내고
집으로 돌아오는 길
뜨락에 떨어져 내린
플라타너스 마른 잎-새를 밟다
바-스-락, 바-스-락
그 소리 호올로 좋아
낙엽을 밟고 밟아본다

구르몽의 낙엽을 애송하던 여고시절
감상어린 마음은
나는 다음에 유명한 시인이 될 꺼야!?
어떤 때 묻지 않은 소년과 같은
연애하는 그 사람에게
자랑삼아 말했던 그 동심,
아련히 떠올라
가을 나무를 바라보며 미소지어본다

그 오랜 옛날이나 지금 21세기에나
황금을 사랑하는 많은 사람들,
그러나 나는 복잡한 세상사에도
가을이오면 언제나 첫사랑처럼
낙엽을 사랑하는 그 설레는 마음
삶, 그 어디쯤에 끼어들 수 있을까?

사랑도 사람의 일이라
어찌 구름 낀 날들이 없을 수 있으랴?
나의 순정은 내 영혼의 순수영역,
설령 낙엽이 되어
불어오는 바람에 이리저리 나뒹군다 해도
정녕 그 뉘게도 밟힐 수 없는
사랑은 아름다운 마음의 수정체여라

가을의 거울 앞에서

잎새 한잎 두잎 떨어지는
가을의 거울 앞에서
고요히 생각해 봅니다
인생의 봄과 여름을 보내고
가을의 오솔길을 바라보며
내가 나에게 전해줄 것이 없는 빈손은
왠지 민망하고 허전합니다
다만 나의 거울에는 세상먼지가
골고루 다 묻어있습니다
이제 열심히 닦는 연습을 해야겠어요!
아니 벌써 그렇게 됐어요?
거울 속의 내가 주고받은 이야기입니다
세상사 네 탓, 내 탓 부끄러운 일이지요?
모두 다 내 탓으로
맑은 거울이 보이고 편안해집니다
나는 나의 얼굴을
아름다운 가을호수로 만들어보고자
여러 번 마음 세수도 하고
눈에 티도 뽑아보고자
정성들여 진심으로 기도합니다

언제나 남을 먼저 이해하고
그리고 나를 보자 이렇게 약속했습니다
비로소 보랏빛 거울 속에는
또 다른 내가 있어
동심의 해맑-은 미소를 보여줍니다

슬픈 9월의 정오

조 승진 씨! 아시죠?
오늘 아침 심장마비로 죽었어요
서울 연합통신 기자의 전언
그의 나의 44세!
너무 빨리 떠난 아까운 사람
앞날이 창창한 비전과 젊음을 지닌 그는
인간성도 진솔하고 소박했다
지방에서 고생하고 이제 한참 일해야 할 나이
프레스센터 서울신문 청와대 출입기자가 되었다
이 어찌된 일인가?
죽음 앞에서는 아무것도 아니어라!
내가 걷던 아침공원의 산책길 울타리에는
연분홍 나팔꽃이 예쁘게 피어
생명의 고귀함을 알렸는데
얼굴도 가물가물 볼 수 없는 나라로 갔다
어느 날 문득 받은 전화,
더위가 가면 서울에 한번 꼭 좀 오세요!
넥타이와 비약적인 시가 나온 책 선물 받았으니
식사 한번 대접할 기회 좀 주세요!
그 음성 귓전을 맴돈다

이 무슨 파발의 뉴스란 말이냐?
수첩에 적어놓은 핸드폰 번호를 찾아
확인해보고 싶은 마음을 다독이며
떠나간 그를 위해 마지막으로
부의금을 챙겨야하는 슬픈 9월의 정오,
사랑하는 아내와 그 어린 아들을 차마 그는
어찌 잊을 수 있으리
어찌 잊을 수 있으랴!
이 생각 나를 울게 했다
이 아침 분홍 나팔꽃은 예쁘게 피어 있었다
아직은 이울 때가 먼 그의 영혼
코스모스 핀 9월의 까만 밤하늘에 별이 되었어라

쑥뜸 그 향기

수를 놓아가듯 침을 놓는
한의韓醫의 손길은 예술이다
그렇게 침을 놓은 자리에
간호사가 쑥뜸을 놓으면
쑥 향과 함께
실 낱 같은 엷은 연기가
몽실몽실 피어오른다

훌쩍 큰 키 편안함을 주는
인자한 미남형 얼굴은
삼인당, 한방병원장의 한의다운 모습이다
환자를 대면 치료하는 정성은
한결같고 소탈하다는 정평이다

심화항염 슬안증 그 진단을 받고
환자복을 입은 내 모습은
행복한 울밑에 봉선화다
그러나 가는 세월 앞에
왜-인-일인지 부끄럽고
너무 부끄럽구나!

5층 병실 남향 베란다 아래
그 시가지에 활짝 피어있는
연분홍 벚꽃 나무를 보며
건강을 찾기 위한
온 영육의 몸살……
아 새 봄맞이를 꿈꾸는 발돋움이여!
그 아픔 안고 정녕 울고 싶구나!
나는 울고만 싶구나

도배를 하며

혼자서 바르기에 좋을 만큼
잘라놓은 종이에 풀을 발라
맞춤형 도배를 한다
빛바랜 벽을 조금씩 발라가니
흥미진진하다
퇴근 후 아무것도 손에 잡히지 않는 피로,
그 허허로운 시간
오늘은 몇 장 정도만 발라보자
내일은 조금 더 바르고
모레부터는 5일제 휴무
넉넉하게 풀칠해보자
계획된 시간의 강물 따라
아늑하게 변화된 아름다운 방,
이제 천장 몇 평 남았다!
나날의 삶에 지치고 때 묻은
더러는 상처받은 과거의 일까지도
커다랗게 망각하고
거듭나는 내일의 참 소망을 살아보자
벽에 바른 종이는
전주시의 유명 특산물 닥-지

화가들이 즐겨 쓰는 화선지다
빛바랜 마음 한 귀퉁이를 산뜻이 하고
또 곰팡이 슬은 과거의 공간,
어둠의 구석까지 청결하게 해보자
도배하는 일은 즐거운 일
성취감에 이르는 발돋움,
자상한 어머니의 손길로 이어지는
사-랑, 그 사랑의 길 같아라

8월 온천에서

입추에도 더위가 식지 않은 오후
연로한 어머니와 함께 온천욕을 한다
얼굴은 검버섯이 꽃처럼 피어있고
아랫배는 자식을 많이 낳은 경력,
여러 갈래의 주름 도장이 찍혀있다
넉넉한 마음으로 효도 한 번 못 한
부끄러운 자신의 연륜을 가늠해보며
어머니의 물컹한 등을 밀어준다
불효의 마음 그 얼룩진 때도 밀어본다
어머니는 이제 팔순이다
한걸음 한걸음에도 힘이 없다
그러나 시간을 아껴 문전의 밭을 일구는 어머니!
배추, 마늘, 들깨, 참깨……
골고루 부지런히 가꾼다
자식들은 다 커서 둥지를 떠나고
혼자 남은 노모는 아직도 흙이 좋아
자식 사랑하듯 흙을 사랑한다
어느 날 문득 큰딸인 나에게
언제 너랑 제주도나 한번 가보고 싶다!
남쪽 제주도를 가보고 싶어 하는 어머니

오늘 온천에 와서 문득 뜬구름처럼 생각난다
내년 봄이 오면 제주 명물 유채꽃을 보여주리라!
힘없는 걸음 어머니 뒷모습을 점찍으며
팔월이 다 가는 온천에서
늙으신 어머니의 바램, 그 마음을 읽는다

무제일기

1
초겨울 서울—익산
새마을호 기차 창가에 앉아
차창 밖 어둠 속 저 멀리
빨갛게 불 밝힌 십자가를 보니
내 영혼이 지켜온 그림자 같아라

내가 걸어온 길 가시밭길
그 꺼질 줄 모르는 심지로
고뇌의 십자가를 지고
고비 고비 지나온 아스라한 길
사십이 넘은 이제는 하룻밤의 꿈같아라
앞에 남아있는 길
목숨의 길에도 불 밝혀
흐트러짐 없는 길을
걸어가야 하리라
새록새록 거듭나야 하리라

2

국제화랑에서
에드류사의 그림을 보다
네모진 캔버스의 시원한 공간
흰색 펜-말 2개
그 안에 씌어진 낱말
왼쪽에는 PEAS
오른쪽에는 ASPARAGUS
명암의 그림 앞에서
화가의 메시지를 찾는다

익산—서울
아침시간 새마을호 창가의 몽상
수도 서울 화랑가 산책
아, 산다는 것은 희망
장미꽃 마음에 품고
풀잎 같은 나들이
고독한 자유의 만끽
그 신선한 행보였다

신록의 5월을 보며

익산—천안
건강 세미나를 들으러가는 길
5월의 전원을 바라본다
헤르만 헤세의 방랑처럼 아름답다
종달새가 갑자기 날아오를 듯한
신록의 풍경

아스팔트 삶에 지친 영혼
아!
짙어가는 그린칼라의 잎-새여!

우울한 마음 안에도
맑-은 소망이 피어오르고
5월의 푸름을 나의 것으로
한 아름 가득히 안아본다

건강한 사람에게는
지구촌 삶은 그 얼마나 아름다운가!
좋은 햇볕, 맑-은 공기, 맑-은 바람
겨울옷을 벗은 생명의 나무들
눈에 들어오는 어여쁜 산야
그 풍경소리 만끽하며
위대한 예술가들의 창조 작업을 상상해본다

시인이여!
살아서 생동하는 시를 쓰자
영혼의 메아리를 토해보자
나를 가르치는
5월의 행복한 나무들이 침묵하며 서 있다

난蘭 화분에 물을 주며

꺾어질 듯 꺾이지 않고
휘어질 듯 휘어지지 않는
그 부드러운 곡선미
후덕한 선비 닮은 마음 같아라
세파에 찌들지 않은
잔잔한 미소처럼 보이는
그대 난잎
병나지 않은 싱싱한 그 난을 보며
빛이 되라!
소금이 되라!
예수 그리스도의 명언을 생각한다
숙면의 잠을 자고 깨어난 이른 아침
난화분에 생명수를 뿌려주며
육신발명의 오-랜 그 아픔,
병상의 시간이 너무 안타깝구나!
이제 기-인 병마를 털어내고
좀 더 신선한 생명체로 변화되어
난처럼 아름다운 자태로 머물고 싶어라
내 영혼,
건강한 세포로 살고 싶어라

나, 시 하나 써 주이소!

봉숭아 맨드라미 나팔꽃 아름답게 피어나고
매미들의 연주소리
한 여름날을 장식하는 아침
신선한 병실의 회진시간
시인이라면서요?
나, 시 하나 써 주이소!
침묵의 향기를 지닌 주치의 뜻밖의 물음,
나는 그냥 해맑게 웃었다
환자를 대면하는 시간 내내
진실하고 속이 깊은
오늘날 만나보기 쉽지 않은
친구같이 좋은 겸손한 분이다
병원 특실 창턱 위에 올려놓은 화분,
빨간 꽃 제라늄, 분홍 카멜레온, 관상용 대나무
이 방에 오면 낭만이 물큰 풍기는
멋쟁이 지성인입니다!
……
병실을 떠나는 날 작별인사를 하니
숙제로 시 한 편 남겨놓는다

김 재수 선생님은 좋은 분이셨어요!
환자들을 어머니처럼 돌보는
참다운 마음의 성실한 의사셨어요!

그 달맞이꽃 향기

공직, 그 낮은 자리만을 지켜온 삶
이렇게 저렇게 휘갈킨 아픔
그 뉘 있어
시련의 병명을 알 수 있으리오?
첫사랑처럼 곪은 가슴앓이,
그 삶의 파릇한 정원에
언약의 빛 살포시 비춰주고
긴 그림자로 남아있는
그대의 메아리,
붙잡을 수도 없는
떠나라고 소리칠 수도 없는
그대는 나에게 누구인가?
사랑, 그 화살을 붙들어 안고
안으로 고요하게 다지며 지나온
오랜 시간 그 해묵은 세월,
너무 밝은 태양빛은 감당키 어려워
밤하늘 아래 키운 마음의 꽃,
그 은은한 달빛 사랑하다 그만
흙담집 시골 출생 순이는
달맞이꽃이 되었답니다

봄 편지

꽃샘추위 속에서
나우라 스테미너라는
병명을 안고
하얀 병실의 침대에 누워있던
심약한 내 영혼,
그 위험신호에 다가서 있을 때
엷은 미소로 나를 지켜준
그대는
아름다운 한 떨기의 수선화
사랑스런 그 모습,
와인을 음미하듯이 바라보다가
내 마음은 그만
바람도 잠이든 호수가 되었지요

불교대학 첫 강의 시간은

무인년 경칩이 지난 목요일
불교대학 첫 강의 밤 시간
삼귀의 부처님 찬양송
가슴 위의 합장
항마좌와 길상좌 처음 익혔네

세상사 고뇌로운 바다
그 높은 파고에도
난파선이 되지 않는
석가모니 불
깊은 뜻 말씀을 들었네

부처되는 공부는 난해로우나
비구니 법륜스님의 시간은
한 줄기 시원한 바람
한 잔의 그윽한 차 향기

불교대학 관음사 첫 강의 시간은
넉넉한 마음의 시간
감로수를 마신 것처럼
청정한 부처님의 시간
그 영원한 삶을 사는
조용한 법을 받들어보았네

입원일기

무력감의 끄나풀에 묶여
주저앉을 수만은 없는 멍에,
버거운 삶을 보듬어 안고
비상을 꿈꾸는 마음
초 한 자루 빈 꽃병 하나 탁상시계
홀로 서기를 즐길 수 있는
CD 음반기 향수 일기장
영혼에 안식을 주는 경전 한 권
바람 부는 삼월의 오후
황폐해진 영육,
건강과 평안을 찾아보고 저
호올로 병원으로 가는 발걸음
소지품을 챙겼다
수선화 노오랗게 핀 봄날
차례를 기다리는 입원 수속
특실 46호 병실을 배치 받고
부잣집 소년의 모습
그 하얀 가운의 닥터 L에게 조언을 듣다
그는 시를 좋아하는 젊은 엘리트
……선생님,

감성어린 스트레스는
때로 때때로 소화불량을 안겨주어요
깍 깍……
진료실 창밖 어디에선가
까치 떼의 합창소리가 들려왔다

슬픈 날의 연가

가을에는 사랑을 하리라

아련한 사랑은 없어도
잎새들 곱게 물들어가고
맑-은 갈-바람 옷깃을 스치는
이 가을
티 없는 파란 하늘 우러르면
왠지 눈물이 난다

가을에는 사랑을 하리라

켜켜이 해묵은 일기장의 먼지를 닦다
무심코 읽어본다
아! 웬일로 판도라의 상자를……?

잊혀진 듯 떠오르는 희미한 이름 석자
첫 만남 J의 사랑을 읽다
멍-때리는 울림,
그 까닭모를 슬픔 왠지 눈물이 난다

가을에는 사랑을 하리라

잊혀진 듯 살아온 풋풋한 러브 스토리
가을 침대에 얼굴을 묻고
눈물 같은 기도를 한다

주여!
못 다한 사랑 금이 간 사랑일랑
애오라지 용서함으로 채우게 하소서!

찬란한 이 가을에는

흙의 향기

흙, 그대는
어머니의 따뜻한 품과 같아라!
씨앗을 심으면 예쁜 싹을 보여주는
사랑스런 보배요,
지구촌에 난무하는 거짓과는
거리가 먼 아름다운 향기여라!
꽃씨를 심으면 꽃을 보여주고
곡식을 심으면 먹을 것을 안겨주는
어여쁜 대지여라!
심은 대로 거두리라!
그 성경 말씀,
흙, 그대의 순박한 메시지여라!
차가운 눈 속에서도
자식을 품어 낳는
거룩한 어머니의 얼굴이요
영원한 능력
만물을 창조한
하느님의 신성한 손길과 같아라!

간병일기 1

어머니 머리를 안아서 감겨주고
맑-은 물로 여러 번 헹궜다
따뜻한 물수건으로 목욕,
옷을 갈아 입혔다
미리 챙겨놓은 밥상 앞에서
앞치마를 입힌 후
나는 어머니의 등받이가 되어
식사를 할 수 있도록 했다
어머니 잘 먹고 조금만 더 살아요!
아주 조금 먹고 수저를 놓는다
이렇게 일어나지 못할 바엔
어서 하늘나라에 가고 싶다
너를 고생시켜 미안하고 고맙다
아! 어머니
마음이 찢어질 듯 아프다

간병일기 2

집으로 온지 7일쯤 되어간다
어머니, 목사님 오시라고해서
예배 좀 봐달라고 할까요?
고개만 끄덕인다
기도해주고 목사님 부부가 떠났다
한 컵의 죽을 먹고
긴-잠을 잔다
찬송가를 틀어주니
귀가 울려 싫다, 꺼라
일어나보려고 지팡이를 찾았다
손에 쥐어주니
안 되겠다, 치워라!
이제 갈 일만 남았나보다
다시 긴-잠을 잔다
아!
어머니, 나의 어머니

간병일기 3

게장이 먹고 싶다
어느 날 아침
느닷없는 말씀에 게장집을 찾아갔다
이사하고 없다
너무 안타깝다
새벽 2시쯤
어머니 손의 종이 울렸다
얘, 큰애야 배고프다
국수 좀 삶아줘라
참기름 넣고 비벼줄까요?
고개만 끄덕인다
잠이 쏟아지는 눈꺼풀을 비비며
국수 요리를 했다
아주 조금이다
맛있게 잘 먹었다!
순간 감사함이 밀려왔다
아!
어머니, 그 말씀에 눈물이 나네요

간병일기 4

아침에 눈을 뜬 후
어머니부터 보았다
숨을 쉬고 있다
하느님 감사합니다
내가 잠든 사이 돌아가시면 어쩌나?
이 생각 먼저하고 잠이 든다
어느 날 경로당 친구분이 왔다
딸 옆에서 호강하네!
사과 2개, 귤 3개 챙겨들고 왔다
고맙습니다
이제 고만 오세요
어머니가 울적해 할까봐 말했다
하느님!
어머니를 지켜주시든가,
고통 없는 죽음을 주세요!
아! 어머니
어머니 옆에서 간절히 기도했다

파–란 신호등

교차로에 파–란 신호등이 켜지고
나는 길을 걷다
왼쪽 옆구리를 터치한
봉고차가 멈추어 서다
나 때문에 얼마나 놀랬나요?
파란 신호등이 켜졌는데
왜 못 보았나요?
……
온전한 몸과 살아있음을 감사하다
입원하세요
통원치료 하겠어요
한순간 소중한 목숨을 잃는
불행한 교통사고
그 얼마나 커다란 비극인가?
안전지킴 파–란 신호등은
너와 나의 생명을 지켜주는
교통질서의 올바른 가이드
후유증 치료의 긴 시간을 보내며
신호등의 소중함을
교통법규를 잘 지켜야함을
마음에 깊이 새겼다

2부

어머니의 뜰

언니! 해 떴다

동해바다 그 넓은 수평선상에
황금빛 햇살이 피어올랐다
우-와!
7월의 아침 바닷가 호텔 베란다에서
그 눈부신 찬란한 햇빛을 바라본다
위대한 하느님의 작품이어라!
동해바다를 찾아온 낭만의 발걸음
KTX 익산—강릉 1박 2일 코스
아름답고 고요한 강릉
경포호와 안목해수욕장을 만나다
이국 풍경 같은 바닷가
그 유명 카페의 거리를 거닐다
소나무 사이사이 비취빛 바다가 보이는
한 폭의 수채화 같은 산책로
순수여행 그 행복한 시간을 만끽한다
언니! 해 떴다
어머니의 셋째 딸이 날 흔들어 깨웠다
거칠어만 가는 21세기의 삶
형제자매의 우정 같은 사랑은
세상의 그 어떤 보석보다도 귀하지 아니한가!

드넓은 바다에 동그랗게 떠오른 희망을 보며
하느님께 오늘의 기쁨을 감사한다
형제간에 사랑하고 제종 간에도 사랑하라!
아버지의 유언이 태양처럼 다가온다

한의韓醫 임태형

하늬바람처럼 시원스런 성품
나비넥타이를 즐겨 매는 한의

어느 날 건강을 찾기 위한 발걸음
장과 기관지가 안 좋다는 진단
치료약을 짓고 침을 맞다
환자를 위한 세심한 정성과
정겹고 부담 없는 인사말이 좋은
또 한껏 침술이 뛰어나
언제나 환자들이 많다

테너 임 태형 독창회
가을날 병원에서 초대장을 받다
전주시 한국 소리문화의 전당 명인홀
그리운 금강산
남몰래 흘리는 눈물

11월이 깊어만 가는 가을밤
합창과 어우러진 테너 독창!
아름다운 선율로 가득 메운 홀에서
가곡은 가을빛 낭만으로 흐르고
힘차고 맑-은 노래, 그 노래를 듣다

대인관계가 넓고 후덕한
나비넥타이를 즐겨 매는
젊은 한의 임 태형님은
침을 들고 기쁘게 살며
음악을 사랑하는 행복한 예술가입니다

그대가 그리운 날

산사의 아름다운 숲을 바라보며
맑은 하늘을 바라보며
바람 소리 계곡물 소리
다정한 친구삼아
한 마리 작은 새가 되어 거닐어 봅니다

단풍이 속삭이고
바람이 속삭입니다
당신은 행복한 사람입니다
호올로 왔다
호올로 가는 인생길
그 나그네길

장밋빛 청춘은 수수께끼처럼
반짝 흘러간 이제
계곡 물처럼
숲의 나무처럼
가—ㄹ 바람처럼 살아가리라!

그대가 까닭 없이 그리운 날

한 마리 작은 새가 되어
가—ㄹ 바람 황금빛 가—ㄹ 햇빛
가슴 가득히 안고
가—ㄹ 길 호올로 거닐며
내안의 머—언 그대
그 그리움에 젖어봅니다

100년 흙집

형제자매 6남매가 태어나 자란 곳
약 100년 되는 흙집 농가

어느 날 한 통의 전화
날짜가 비는데 집 고칠까요?
설계도를 그려서 건네주다

12일 그 긴 날의 수레바퀴
삼복더위에 땀범벅으로
일하는 사람들을 바라보며
내 영혼도
땀 흘린 지난날을 생각한다

아버지 어머니의 피땀으로 장만한
초가 4칸
빨간 벽돌로 둘러쌓고
옛 창호, 이중 창문으로
재창조된 예쁜 집
기쁜 마음으로 바라보며
이승을 떠난 아버지 어머니의
그 깊은 그리움에 젖다

삶의 터전 소중한 흙집
행여나 쓰러질까
마음 쓰인 농가
불효의 그림자 그 아픈 세월을 가늠하며
효심의 불씨를 피우다
창문이 있어 더욱 정겹고 아름다운
현대식으로 건축된 아담한 농가
행복한 마음으로 바라봄은

어머니의 뜰

농가에 오니 창포꽃이 활짝 피어
나를 반겨준다
옆 뜰에는 어머니가 심어 놓은
골담초 나무에 꽃이 만발하여
벌 나비가 날아든다
바가지를 갖다놓고
꽃을 따서 담으려니
어머니 생각이 절로난다

큰애야
무릎 아픈 데는 골담초 술이 좋다더라
이것저것 약초를 섞어
술을 담아왔으니 잠잘 때 마시고 푹 좀 자라!

그 말씀이 떠올라 눈물이 난다
어머니!
꽃차를 만들면 어머니부터
한 잔 드리겠어요!
울컥 쏟아져 내리는 눈물,
그 눈물
손등으로 훔치며

아!
그리운 나의 어머니
소리 없이 마음으로 불러봅니다

시인, 나의 길

오-랜 공직의 시간을 내려놓고
안으로 잠가 놓은 삶
그 우울한 딜레마
그것은 쓰일 곳 없는 병이었다
벙어리 냉가슴 쌓인 스트레스
병마의 어두운 터-널은 지나가고
건강을 찾은 발걸음
자유인의 길을 걷고 있다
시인이 걸어가는
대도무문
좁은 문이어라
사람에게 유익한 양식을 주는
젖소의 삶처럼
나는 많은 사람에게 사랑받는
소박한 국민 시인이고 싶어라

풀꽃

심지 않고 거두지 않아도
생명력이 강한 풀꽃
햇빛과 바람과 사랑을 나누며
거짓 없는 대지에 뿌리를 내리고
자연과 하나 되어
밤이면 별빛과 속삭이며
이름 없이 살아가는
순진무구한 풀꽃
거짓이 난무하는 지구촌에서
함부로 밟혀도 탓하지 않는
그대는
순박한 삶의 얼굴이어라
질기디질긴 삶의 얼굴이어라

이삭 카페에서

신학대학이 가까이 있는
밝은 공간의 조촐한 카페다
환자복 입고 음악을 들으며
고뇌에 젖어있는 나에게
성경의 가르침을 놓고
진지하게 토론하는 젊은 지성,
그들의 이야기가 귓전에 들려온다
예수의 부활
십자가의 고통
목사의 현실적인 바른 삶
그 주제의 열띤 토론,
신선한 충격이 나를 일깨운다
얼마나 아름다운 청춘인가?
연민과 사랑을 앓는
나의 달콤한 고통
불꽃같은 열병
한 잔의 얼음커피를 마시며
들뜬 욕망
그 마음을 다스린다
시인이여!

헛된 것 다 내려놓고
파-아-랗-게
파-아-랗-게 살아가시구려!
카페에 흐르는
헨델의 메시아가 나를 붙들어 세운다

행복한 귀가

때때로 매미가 울고
아침이면 꼬끼오! 수탉이 목청을 뽑는
벧엘병원의 아름다운 풍광
침 맞기 쑥 찜하기 땀 빼기 자전거 타기
식사가 끝나면 산촌마을 산책하기
장마철 귀한 햇빛보기
들에 핀 풀꽃 화병에 꽂아놓고
고요히 바라보면 하루가 간다
요양병원에서 세월을 보내는
노년의 쓸쓸한 삶도 바라보며
인간은 무엇으로 사는가
톨스토이 작품을 떠올린다
훌쩍 한 달이 지나갔다
밤 시간이면 소천 한 어머니 생각
꿈에도 인도해주는 어머니 음성
아! 산다는 것은 사랑이여라
어제 온 듯한 병실 퇴원준비
침대를 깨끗이 청소했다
오늘은 나만의 방*으로
하모니카라도 불고 싶은 마음

깍! 깍! 산까치가 반갑게 인사를 한다
안녕! 잘 가세요
좋은 글 많이 쓰고
부디 건강하세요

*버지니아 울프, 『나만의 방』

어머니의 방

요양병원에 입실한 어머니
어느 날
집으로 온다는 뜻밖의 소식
건강에 좋은 한지를 골라 도배했다
예수그리스도 사진 걸기
십자가 걸기
찬송음반 준비
꽃을 좋아하는 조신한 성품
인내심이 강한 검소한 어머니

황금빛 소국을 한 아름 꽂아놓고
어머니를 위한 최선의 정성을 쏟는다
만 하루가 번개처럼 흘러가고
땀과 고뇌로 얼룩진 육신
허리가 휘어질 듯 아프다

6남매를 길러온 하느님 같은
손발이 닳도록 일만 하셨던
어머니……
고단한 삶의 한가운데 서서
공들여 꾸민 방을
고요히 바라보며
집에 올 어머니의 얼굴을 떠올린다

지리산 피아골에서

지리산 자락 피아골에 왔다
생일기념 익산—피아골
승용차로 1시간 반이 걸린다
맑-고 시원한 물에 발을 담그고
남부군, 태백산맥의 소설
그 주인공들을 떠올린다
이성 간 사랑조차도 감시 받는
이념의 차이가 보여주는
그 커다란 감당하기 힘겨운 역사서
동족간의 전쟁으로 삼팔선이 그어지고
오랜 세월이 지난 지금도
남한과 북한으로 표기되는
휴전의 슬픈 그늘 그 긴 그림자를 본다
푸르른 녹음 짙은 조국의 산하
그 울창한 숲의 나무들을 바라보며
평화로운 조국의 통일은 그 언제 오려는가?
가슴 속 깊은 곳에서는
한겨레 백의민족의 통일을 열망한다
아! 지리산 자락의 피아골이여
가족을 그리워하며 절망의 피를 토하고

죽어갔을 숱한 목숨,
그 목숨들을 생각하며
맑-은 계곡물에 감사한다
천지신명이여!
대한민국 조국의 미래에 통일을 주소서
백두에서 한라까지
행복한 무궁화꽃이 활짝 피어나게 하소서

9월의 숲에서

산골짝 맑-은 물이 흐르고
밤알 익어가는 9월
하늘은 높아만 간다

구월산의 능선 위에 떠 있는 구름
그 조각구름 바라보며
고독하게 살다 떠난
『남남』의 시인 조병화를 생각한다
아!
인생은 한 조각 뜬구름

맑-은 물 흐르는 산골짝
9월의 숲은
청량한 바람 같은 시간의 삶을 안겨준다

몸도 영혼도
맑-은 물 닮고 싶다
변화무쌍한 현실
21세기를 살아가는
보이지 않는 삶은 전쟁,
잠깐 신선이 되어
산골짝 물처럼 흘러가보고 싶다

아!
때 묻지 않은 자연은
넉넉한 어머니의 품과 같아라!

갈대의 연가

한 잔의 커피를 마시며
사랑하는 그대를 생각하네

어느 날 갑자기 좋아하고
어느 날 갑자기 차가운 그대

알 수 없는 그대의 마음
잡아볼 수도
만져볼 수도 없는
사랑의 그림자

가ㅡㄹ 강가의 하늘거리는 억새풀
그 아름다운 풍경을 바라보며
내 안의 그대를 생각하네

가을은
생각하는 이의 모습을 안고
가난한 자의 창을 노크하며 다가오네

가ㅡㄹ에는
사랑하고 싶은 사람을 마음껏 사랑하자!
사랑은 외로움을 안겨주고
쓸쓸함도 안겨주네
사ㅡ랑,
가슴 가득 기쁨도 안겨주는……

내 사랑 그대여!
가ㅡㄹ 바람이 되어 바람처럼
어ㅡ디론가 떠나고 싶다면
그대,
갈대처럼 흔들리며 가지 마오!

한 잔의 가ㅡㄹ 거피를 호올로 마시며
사랑하는 그대를 생각하네

버스를 기다리며

흰눈이 내려앉은
겨울나무 그 가지 사이
둥지를 튼 까치집이 보인다

차가운 겨울날의
아름답고 훈훈한 풍경화다

고독을 즐기는 나에게도
둥지를 튼 겨울나무를 보면
따뜻한 가족사랑
그 사랑 정겨움으로 안겨온다

허름한 등산복 차림새의
어느 이름 모를 여인
무심코 서 있는 나를 바라보며
아! 나무가 너무 멋있네요
……
나는 빙긋 미소를 띠우고

내가 태어나 자란 고향집
늙은 어머니가 살고 있는 농가를 찾아
하루 한 번가는 버스를 기다리며
내일의 거룩한 삶을 기다리며
서 있다

모세의 갈대밭에서

순천만 갈대밭 사이-ㅅ 길을 걷다
만추의 바람이 볼을 차갑게 스친다
넓고 넓은 갈대-밭 갈대 스치는 바람소리
강가에 떠 있는 빈 나룻배
그 나룻배의 환영
강포에 쌓여 갈대 사이로 떠내려 온 모세!
감명 깊은 영화 한 장면이 떠오른다
시내 산에서 하느님의 십계명을 받은
위대한 모세!
잠깐 삶의 진정한 복음을 생각한다
사색하는 인간 갈대가 되어……
아름다운 갈대밭 풍경화!
그 풍경 사진에 담으며
신의 창조물에 감탄한다
기계문명은 고도로 발달하고
인간 생명의 존엄성은 경시되는
오늘날의 불안정한 삶
그 어떤 모습으로 현명하게 살아가야 할까
흔들거리는 갈대밭 풍경을 바라보며
지나온 삶을 반추해 본다

서로 사–랑하라!
결코 실천하며 살아가기
쉽지 않은 그 커다란 예수의 사랑
갈대를 보는 내 마음의 속삭임
인간 연민의 정을 안고 살라 한다!
순천만 넓고 넓은 갈대밭 물결을 보며
흔들리지 않는 견고한 삶의 철학
그 핑크빛 사랑마크 인간 갈대밭 위에
커다랗게 커–다–랗–게 그려본다

편지 일기

사랑하는 그대가 있어
삶은 더욱 빛이 나고
꿈꾸는 삶의 소망은
이상을 향한
인내의 버팀목이 되누나
열기를 품는 여름날 폭염의 날씨
오늘은
지친 육신의 피로를 풀며
아껴온 에어컨을 켜고
창가의 보랏빛 장미꽃을 바라보며
호올로
명상 음악을 듣는다
아!
언제나 아름다운 음악은
지친 삶의 활력소,
사랑하는 그대
언제나 내 안에 있어
음악과 어우러지는 시간,
내 영혼
거룩한 마음으로 승화시켜주누나

삶

묵묵히 살아가는
길 없는 길
스스로 도우며 살아가는
생명의 그릇
영혼의 몸짓
눈 뜨는 시각부터 시작되는
소망의 언어
살아남기 위한 도전
그리고
잠들지 않는 응전
산다는 것은
보이지 않는 전쟁이어라

빙판을 걷다

조심조심 빙판을 걷다
꽁꽁 얼어붙은 시가지
인간의 삶 그 도정에도
때때로
빙판의 시간이 있음이여!

우울한 투병의 시간을 이겨낸 지금
화사한 벚꽃나무 아래
지난날 꿈꾸어온
유토피아 시골 소녀의 꿈은
그 어디에서 찾아야할까

아슬아슬 빙판을 걷다
위험한 빙판을 걷다
넘어지지 말아야지
병나지 말아야지

네가 있어 행복하고
내가 살아있어 신비로운 세상!

교만을 내려놓고
겸손을 배우며
가난의 지붕 아래
헐벗고 배고픈 이웃을 생각하며
빙판을 걷다
나 호올로 삶의 길을 걷다

7월의 아침 바다에서

아직 일러 인적 드문 칠월 해변
밀려왔다 밀려가는 파도 소리
피아노 선율이 되어 들려오는
신선한 아침 바다
삶의 소음 다 내려놓고
그 파도 소리 친구삼아 거닐어본다

사랑하는 나만의 바다
그 바다를 잊고 살아 온 시간이 아득하여라
남모르는 깊은 슬픔
밀물되어 밀려올 때면
나는 언제나 수평선이 보이는 바다를 찾았다

바–닷–가 모래밭에 앉아
잊혀지지 않는 그대 이름
쓰고 지우며 또 쓰고 지우며
혼자서 가만히 지난 세월을 가늠해본다

마침내
그 커다란 인내의 슬픔은
뜨거운 눈물이 되어 볼을 타고 흘러내린다

잊혀진 듯 살아온 나만의 신앙
모성의 바닷가에 앉아
정녕 띄워 보내지 못한 심연의 이야기
"당신을 사랑했어요"
처-얼-썩 처-얼-썩……
밀려왔다 밀려가는 그 파-아-란 사연
먼 바다
그 파도 소리에 담아 보냄이여

봄 호수

아— 아—
세상사 현기증 나는 모든 일
다 내려놓고
대자연에 안긴
아름다운 봄 호수
내 마음도 그 호수가 되어
고요하게 머물고 싶어라
인간사
한눈팔면 진흙탕이어라
그대와 나의 삶,
참사랑으로 꽃피우면
어머니의 넉넉한 품이 아닐까
삶,
그 거친 파도는 잠들지 않는구나
내면으로 안겨오는
고요한 봄 호수
창조주의 큰 은총이어라!

천경자 그림 앞에서

아침시간 열시 신들린 사람처럼
서울 시립미술관행에 올랐다
익산—강남 CD음악 들으며
외딴 섬처럼 떠 있는 강남터미널 도착
마중 나온 사람도
기다려주는 사람도 없는
텅-빈 서울,
혼잡한 인파를 헤쳐 나아가
한국화단의 대표적 작가
천경자 화백의 그림 앞에 섰다
아! 나르시시스트의 여인이여!
불행한 사랑과 가난, 그 삶을
아름다운 그림으로 승화시킨 여인
뭇 여인들이 싫어하는
그 뱀 그림도 즐겨 그린
기인 같은 여인
조국의 오늘 거목이 된 천경자 화백이여!
남은 시간 운명 같은 화필을 쥐고
생을 명상하시구려!
버스—지하철—택시, 거미줄 같은 거리의 도로망
귀가 시간 밤 10시가 되었다
건강을 찾은 쏠로의 하루나들이
감성과 지성이 어우러진 행복한 하루였다

춘분 일기

하이힐 신고 뽐내던 젊음
그 쌩쌩한 육체의 청춘시대는
어느덧 뜬구름이 되고
고뇌와 피로에 찌들어 핀
삶의 꽃,
대상포진 그 긴 시간의 후유증
만성피로와 한 몸이 되어
소중한 두 다리 그 무릎에
신경성 관절을 앓다

어질 인仁자가 씌어진 얼굴
한방병원 의사의 섬세한 침술 손길
바이올린 그 현과 같은
은빛 칼라의 조그만 침,
그 침을 맞는다

따끔 따끔 따-아-끔
전기 마시지, 쑥뜸, 찜질방 땀내기
창밖 화려한 봄볕 마중하며
그린 칼라 의자에 앉아
가슴앓이처럼
애-닯-게 피어오르는

사랑,
머-언 그대 그리움에 젖는
춘분의 데이트

시심 안에 그대를 담아
새싹으로 가꾸어 보고자하는
이것은 학 닯고픔이어라!

백조처럼 춤추는 소녀

애교가 넘치고 얼굴도 예쁜 소녀 L
오랜 시간 병상의 동면을 털고
전주시 소리문화의 전당 연지홀에서
《침향목》 명제의 춤 한마당
백조처럼 나래를 펼치는 무용수 조카를 보았다
13명의 어울림,
경쾌하고 힘찬 배경음악에 맞추어
가볍게 몸을 움직이는
그 소녀들의 풋풋함 넘치는 율동은
봄이 묻어나는 아름다움의 충전이다

진정한 사랑은 변하지 않는다
인내하는 자연
침묵하는 자연
모든 것을 주는 자연을 배우라!

자막바탕의 타이틀이 감전되어왔다
날아갈 듯 화이트, 블-루 칼라 발레복을 입고
무리지어 나비 때처럼 춤을 추는
때 묻지 않은 소녀들의 무용 공연은
지상에 핀 천사꽃 같아라
팔십 노모 어머니와 함께한 자리
아직은 개나리꽃이 피지 않은 이른 봄날
무대에서 잠깐 내려온 소녀에게
꽃다발과 비-전의 목걸이를 걸어주고
집으로 돌아오는 길
모처럼 행복한 가족의 인물화를 안고 왔다

3부

목련꽃 창가에 앉아

시인의 사랑

헤르만 헤세 구름을 사랑하듯
그대를 사랑했다
이별 없는 영원한 사랑을 위하여
만남만이 실존하는
친구라는 이름으로 즐겨 불렀다
병상일기도 쓰지 않는 마음은
그리움 안으로 다스리는
인내의 저력
그 수양시간을 곱게 길러보고 지움이리라
만남의 모든 일
용서하는 아름다움으로
아름다움으로만 바라보고자
온갖 용기를 내면에 쌓으며
오늘도 복합영양제 혈관주사를 맞는다
오전 10시가 넘은 시간
서창으로 난 창밖 하늘은
구름 한 점 없는
초하의 연보랏빛 하늘이다
내 안에서 속삭이는
구름같이 머물다 흐트러지고

또 다시 모여지는 사랑,
형상 없는 그 사랑 끌어안고
병실 하얀 시트의 침대에 앉아
그리움 어우르는 추상화 같은
그대 얼굴을 뜨개질하고 있음이여!
내 옆에 그대 있다면
초심의 팔 안에 꼬-옥 안아보련만……
그대 너무 멀리 있구려!
마음 안에 그대 있음은
헤르만 헤세 구름으로 머물고 있음이오
나는 불행을 모르지요
사랑은 언제나 아름다우니까요
그대 내 마음 고요하게 바라보세요!
오늘은 하루 내내 까치가 반갑게 소식을 알립니다
내 병 다 나으면 그대를 살뜰히 초대하리다

대상포진 그 행복 바이러스

마음 문 잠그고
꼭꼭 숨어 지내온 듯 몇 날 몇 시간,
그 병명 행복 바이러스

거울에 비쳐 보이는 나의 얼굴
겉모습은 너무도 탱탱한데
왜 이렇게 사지육신이 아픈 것일까?
직장의 일손을 놓고
병원 문안인사만도 수차례

발걸음은 무거워 천근만근
오! 하느님
진의를 숨긴 겉포장,
그 마법의 곡예, 화장술 탓일까요?

내딛는 발걸음이 온 우주인 것을, 이제 알겠습니다
통증클리닉 병원을 오가며
대상포진 그 언짢은 바이러스,
행복 바이러스 만들기의 발돋움
스스로 현대의학 주인공이 되어
정결케 발효된 영혼의 치유
그 신선한 희망의 혈관주사를 맞으며

나날이 새롭게 거듭나는 인간이고자
진심어린 일상의 기도 속에
고귀한 건강꽃이 활–짝 피었습니다

5월에 핀 안개꽃 저고리

진남색 통치마 잔잔한 무늬의 안개꽃 저고리
5월에 만난 첫인상
다도의 첫 번째 수업시간
가르침을 주는 손길과 동작에서
순간, 몽실 언니 소박함으로 오버랩 됐다.
따사로운 5월의 봄볕처럼
곱게 빗어 묶은 머리의 단정함은
우리나라 대한민국 고유의 전통미와
교양미가 몸에 스민 여인의 고전적 향기로 풍겨온다
순박함 그 편안함은 모정으로 다가오고
잘 빚어진 백자다기를 다루는
세련된 가르침은
연륜이 쌓인 공든 탑!
덕성스런 모습의 김 한주님은
1960년대 초등학교 교사를 어머니로 둔
유복한 환경의 출생자
마냥 고요한 명상음악의 선율이 흐르는
조화로움으로 다가왔다
옛 선비들이 마음을 비우는 수양시간 삼아
여유로움을 누려온 그 향기는

최첨단 과학의 이로움 속에서도
더욱 빛나는 평화로움의 휴식을 안겨주는
현대인이 몸소 익혀 생활 속에 접목할 수 있다면
아름다운 행복 만들기 삶의 인센티브가 아닐까?
안개꽃 저고리 모습은
울 엄마 젊고 예쁜 얼굴도 떠오르게 하는
어여쁜 수업시간으로 길게 남으리라
오늘 제복 입은 저 옛날 시골 소녀가 되어
삶의 소소한 기쁨을 누렸음이어라!

하얀 박꽃으로 핀 그대

1979년 익산시 원광대학병원 설립
그때 간호사 하얀 캡을 썼다
순결함을 간직하고
환자들을 위한 손발이 되어
봉사하는 정신으로 살아온 삶
꿈의 왕자는 찾지 못한
홀로서기 30여년 세월이 흘러갔다
항상 수줍은 듯 짓는 미소는
옛 시골집 지붕 위 소박한 꽃
박꽃,
하얗게 활짝 핀 박꽃 같아라!
2011년 5월 15일
30년 근속상을 수여받은
정 성순 간호과장
당당하고 담담하게 단단한 마음으로
한길만을 오롯이 걸어온 발자국
그대의 남은 길에
따사로운,
신의 크신 은총이 내리시길!
성심을 다하여 기도합니다

집표하던 첫날

제복을 입고 하얀 장갑을 낀 모습으로
익산역 집표구에 서서
커다란 유리문을 활짝 열어놓고
철도 공무원 생활 30년 만에 처음으로
집표한 첫날
얼마나 시간이 흘렀을까
강차한 손님들이 모두 다 빠져나갈 무렵
어머니의 팔짱을 끼고
천천히 걸어오는 소녀가 보였다
어머니의 표정은 너무 어둡다
가까이 다가와 바라보니
앳되고 여린 10대의 소녀는
눈이 먼 봉사가 아닌가?
아, 한순간 가슴이 찡하게 울려오는
그 메아리
건강한 눈을 뜨고 있는 나는
얼마나 감사한가!
대합실을 지나 저만큼
역 광장으로 멀어져 가는 모녀
그들의 뒷모습을 한참 바라보던
나의 눈시울에는 까닭 모를 이슬이 맺혔다

소녀야! 부디 마음눈의 건강을 찾아 잘 살아다오

베토벤의 바닷가에서

격정의 겨울
그 겨울의 아픔을 보내고
봄 바다를 찾아 나온
사람들의 무리,
그들과 함께
나는 바닷가를 거닐었습니다

그대가 들려준
베토벤 교향곡 NO. 9 합창
그 선율을 가슴에 안고
봄 바다
그 해변의 여인이 되어
호올로
고독한 시간을 보냈습니다

쏴아—아 쏴아—아
밀려왔다 밀려가는
파도 소리는
사랑하는 그대의 목소리가 되어
내 영혼 안에서 속삭이며
세레나데로 들려왔습니다

아!
베토벤의 선율 흐르는
그 바닷가에서
소금기로 찌들은
삶의 그릇을 닦고 헹구며
아름다운 사랑,
그대 이름을 가만히 불러보았습니다

겨울, 그 해변에서

때 묻은 일상을 털어버리고
젊은 날의 소상을 안은 채
겨울 바닷가 모래밭을 거닐었습니다

언제 보아도 청춘인 바다,
그 바다를 향하여
애증의 돌팔매를 던져보며
오랜 시간 바다와 함께 했습니다

저 멀리 수평선상의
겨울바다에 기항해 떠 있는
한 척의 배를 바라보며
사랑의 닻을 내리지 못하는
애닮은 나만의 보랏빛 거울을 보았습니다

에드거 앨런 포의 아름다운 시,
애너벨 리
겨울 그 해변에서 만나보며
더욱 별빛으로 떠오르는
어떤 그대의 얼굴을 볼 수 있었습니다

헌시

오라버니, 나직이 불러봅니다
살아 있는 시간 동안
정겹게 불러보지 못한
시인을 꿈꾸어온 황톳길 소녀 마음
정녕 수줍고 여린 마음은
언제나 어렵고 힘겨울 때만
도움의 손길을 내밀어
오라버니의 창문을 노-크 했습니다

2005년 하늘도 맑은 10월 5일 수요일
아침 9시가 조금 지난 시간
이승을 떴다는 비보를 접하고
놀란 가슴은 대답하기도 힘들었습니다

힘든 병명의 큰 수술을 받고도
대수롭지 않은 듯 이제 다 나았다
그 가벼운 말에 속은
어리석기 그지없는 스스로를 탓하며
아산현대병원을 향한 발걸음
오라버니 이승을 하직하는

고별의 장, 그 걸음이 될 줄은
참으로 알지 못했습니다

하얀 국화꽃에 에워싸여 싱긋 웃는
평소 모습 같은 사진을 보며
현실이 아니기를 간절히 바라던
나의 소망이 무너져 내림을 알았습니다

청춘시절 비전을 찾아 방황하던 나에게
빛의 길 창작의 길로 인도해주고
6남매의 장녀가 되어
아버지 없이 살아오는 고된 삶에
지팡이가 되어준 그 은혜로운 마음의 오라버니!
오라버니는 타인에게 그늘이 되어주기를 좋아했지요?
어설픈 문학도 지망생인 나에게
아름다운 시인의 관을 씌어준 그 은총 감사합니다

신앙심 깊고 알뜰한 지성인 아내
사랑하는 삶의 동반자 최 봉금 권사와 두 아들
연로한 아버지를 남겨두고
효심도 깊은 오라버니!
어떻게 차마 떨치고 하늘로 가셨나요?
정의롭고 근면 성실한 오라버니!
아버지 같이 나를 아이처럼 아껴준 유일한 한 분입니다
아산현대병원의 환한 밤의 불빛을 뒤로하고

호남선 하행 야간열차로 귀가하는 마음은
너무나 허망하고 슬펐습니다
자꾸만 흘러내리는 눈물을 닦아내며
참으로 슬펐습니다

생존의 시간동안 내내
오른팔이 되어준 그 온정,
그 맑-은 사랑을 어찌 잊을 수 있겠습니까?
조용히 묵상하며 감사의 눈물을 흘립니다

아, 아름다운 창작의 인연이여!
하등룡 오라버니!
그동안 너무도 고맙습니다
부족한 이 마음 다하여 못 다한 정성과 그 보답,
모두 다 용서를 빕니다
그리고 고요히 머리 숙여 명복을 빕니다
부디 천국의 하느님 곁에서 편안히 쉬시옵소서!
내 마음속에 별이 되신 오라버니!
부디 편안히 가시옵소서!

철야일지

나는 부엉이처럼 눈을 뜨고
삼라만상이 잠든 밤 시간
열차의 착발을 알리는
안내방송을 한다

흰 머리카락이 숨어 피는
연륜이 쌓인 나이에
철야일지를 쓰는
나의 고독한 영혼은 창백하다

오늘은 철야근무 첫날밤
유난히 긴 하루 16시간 내내
방송 마이크를 잡고 있었음은
정녕 삶의 낭만일 수 없는
살아남기 위한 전쟁
살아가야 하는 의무가 아닌가?

부엉이처럼 눈을 뜨고
오고가는 열차를 보내노라니
꽃구름처럼 피어오르는
여고시절 소녀 같은 몽상,
내가 타고 가야 할
그 무지갯빛 꿈의 기차는
언제 그 언제쯤 다가올 것인가?

철야일지를 쓰는 내 마음은
목이 긴 사슴이 되어
낯선 삶의 아픔을 본다

모정 그 사랑

팔순 넘은 어머니 가슴으로 껴안고
볼에 키스하며
어머니 또 오겠어요!
아들은 인사를 한 후
커다란 가방을 끌며 미국을 향하여 떠났다

이제 가면 또 언제 볼지 몰라
침대에 누워 손등으로 눈물 닦는 어머니
아, 모정은 순정이어라
나는 코끝이 찡한 눈물을 삼키며
병든 어머니를 두고 떠나는
그 아들이 되어보았다
그 얼마나 무거운 마음일까?

막둥이의 초청, 미국관광 후
일주일여 만에 뇌졸중 발병,
그해 늦가을 병상생활 시작
미국—인천공항—익산 원광대한방병원 입원
생명의 불이 켜져 자식을 걱정하는 어머니는
나의 어머니요 모두의 어머니가 아닐까?

지금 시간이면 집에 도착했어요
자꾸만 비행시간을 헤아리는
반신불수 시 정식 어머니
20살에 시집가서 7남매를 두고
영광 땅 농부 아내로 근면하게 일군 삶
부자로 잘 살았다는 대가족의 어머니

퇴원 후 그 어머니 좋아하는 누룽지
한 뭉치 해다 주고 귀가하는 길
어르신 야윈 얼굴이 눈에 밟힌다
늙어 병들면 나약해지는 인간의 슬픈 모습,
우리네 건강꽃 활짝 핀 얼굴은
무한 행복이요 축복이어라

가을비 오는 날의 수채화

나뭇–잎–새 물들어가는 가을
빨간 우산을 받쳐들고
이슬비 내리는 공원을 거닐다
사랑을 주고 떠난 그는
지금 어디에 머물고 있을까
해맑–은 얼굴
그림을 그리고 있을까?
이끼 내린 세월을 보내고 있을까?

어느 쓸쓸한 날
목소리만 듣고 조용히 내려놓은
한 통의 전화
내 마음 감상에 젖게 한다
지나간 날의 추억은 모두가 아름답다

이슬비가 사랑처럼 내린다
비에 젖은 나무들 그 잎-새
단풍으로 물들어 가는 사연
옛이야기를 속살거리고 있다
고요한 산책 시간
깊이 숨겨둔 거울을 꺼내보며
아쉽고 그리운 젊은 날을 떠올린다

마-루 위에 풍금이 놓여있고
아버지가 계시던 정겨운 시골집,
귀여운 강아지가 꼬리치고
채송화, 맨드라미, 분꽃, 해바라기가 피어나는
넓은 마당이 있는 고향집
공원의 오솔길에서 우산을 받쳐들고
옛이야기 그 그리움에 젖어본다

목련꽃 창가에 앉아

하얀 목련꽃 탐스럽게 핀 창가에 앉아
사랑마크 띄운 카푸치노
한 잔의 커피를 마신다

정녕 풀기 어려운 수수께끼 같은
다이아몬드처럼 아껴온 사랑
그 실타—래처럼 뒤엉킨 사연,
추억의 발자국을 가늠해보며 한 잔의 커피를 마신다

우아한 목련꽃처럼
시인의 삶을 가꾸어 보고자 했던
젊은 날의 유토피아
잡힐 듯 잡히지 않는
그 커다란 꿈 부둥켜안고
넓고 넓은 바닷가에 앉아
리처드 바크의 갈매기가 되어
높이 더 높이 날아보고자 했던
고독한 젊은 날의 소상,
내 마음 깊은 곳에
목련꽃 향기로 남아있음을 본다

일어서라!
일어서라!
다시 일어서라!
베토벤의 합창 그 웅장한 교향곡처럼
내면에서 울려오는 영혼의 메아리
지금 한 잔의 커피는 삶의 안식처여라!

쓰레기를 태우며

긴 겨울을 지낸 농가 마당의 잡풀과
죽은 나뭇가지, 모든 쓰레기를 모아
쓰레기통에 넣고 불태우다
한여름 2시간이 흘렀다
땀방울이 흘러내린다
불을 지키며 한 생각에 젖다
살아온 삶의 발자취
그 누적된 감정의 찌꺼기들
쓰레기를 태우듯 태우다
말할 수 없는
말하지 못한 어둠의 몸짓
맑게 태우다
지난날의 저 바람 속에
늑대가 되어 길을 찾던 방황의 그림자
그 회환
그 어리석음
쓰레기를 태우듯 불태우다
아! 삶의 먹구름이 흘러가면
밝은 태양은 또다시 떠오르리라!

11월의 아침 해변에서

잠에서 깨어나니 아침 해가 떠 있다
팔순 넘은 어머니는 콘도의 베란다에서
아침 바다를 마중하고 있다
23년 전 환갑에 아들이 보내준
효도관광 하와이를 다녀온 후
그 여행기억을 안고 있는 어머니
아, 우리 어머니도 시인이구나!
아침 7시를 갓 넘은 시간 해변의 산책을 즐긴다
물오리 두 쌍이 놀고 있고
귀항하는 고기잡이배 두 척이 떠 있다
전라선의 끝자락 여수의 바닷가
하늘은 검은 구름이 넓게 펼쳐 있어
금방이라도 폭풍우가 내릴 것 같다
벤허 영화 한 장면을 떠오르게 한다
처얼–썩, 처얼–썩 파도 소리만 들려오는 아침 바다!
병풍처럼 바다를 둘러싸고 있는 섬과 산
수평선이 보이지 않는 다도해
그 누군가에게 전화를 걸고 싶은 뉘앙스
나는 갈매기가 되어 하늘을 날고 있다
날자! 날 수만 있다면 날아보자
빛으로 살아남는 자가 되어보자
희망의 아침 바다 그 해변에서
바다는 기쁨이 되어 내 영혼에 안겨오리라!

벼랑에 핀 꽃

벼랑가 돌 틈에
아슴하게 핀
한 무더기의 진달래꽃은
동화의 나라에 뿌리를 내리고
인동초처럼 살아온
내 청춘
내 삶의
눈물꽃이어라

해설

삶의 현장에서 오롯이 건져 올린 인문학적 생활시의 접근법

윤형돈(시인, 문학평론가)

| 해설 |

삶의 현장에서 오롯이 건져 올린 인문학적 생활시의 접근법

윤형돈(시인, 문학평론가)

주지하는 바대로, 인문학이란 사람과 세상을 이해하는 학문이다. 너와 나의 존재를 인정하고 생각하는 일이며 타인을 이해하고 더불어 사는 사회를 만드는 일이다. 자신만의 철학을 찾는 일이 되기도 하고 사소한 것들에 관심을 갖고 질문하는, 일상의 모두가 인문학의 영역이다. 한마디로, 인문학은 곧 삶이며 살아감이다. 그렇다면 문학에 비친 인문학의 실체는 서서히 그 모습을 은연중 알게 모르게 시나브로 발현發顯하게 된다. 다시 말해 인간 속 어둠과 빛의 음영을 찾는 것이 문학이다. 글쓰기를 통해 삶 속에 깃든 어두운 심연의 빛을 찾아 분명히 존재하지만, 사람이 접근할 수 없던 것을 만짐으로써 지금껏 이 세상에 없던 것과 관계를 맺는 것이다. 강혜련 시인의 경우, 그것은 주로 삶의 현장에서 일상적인 생활시의 형태로 배태되고 있음을 목격한다.

조 승진 씨! 아시죠?
오늘 아침 심장마비로 죽었어요
서울 연합통신 기자의 전언
그의 나의 44세!
너무 빨리 떠난 아까운 사람
앞날이 창창한 비전과 젊음을 지닌 그는
인간성도 진솔하고 소박했다
지방에서 고생하고 이제 한참 일해야 할 나이
프레스센터 서울신문 청와대 출입기자가 되었다
이 어찌된 일인가?
죽음 앞에서는 아무것도 아니어라!
내가 걷던 아침공원의 산책길 울타리에는
연분홍 나팔꽃이 예쁘게 피어
생명의 고귀함을 알렸는데
얼굴도 가물가물 볼 수 없는 나라로 갔다
어느 날 문득 받은 전화,
더위가 가면 서울에 한번 꼭 좀 오세요!
넥타이와 비약적인 시가 나온 책 선물 받았으니
식사 한번 대접할 기회 좀 주세요!
그 음성 귓전을 맴돈다
이 무슨 파발의 뉴스란 말이냐?
수첩에 적어놓은 핸드폰 번호를 찾아
확인해보고 싶은 마음을 다독이며
떠나간 그를 위해 마지막으로

부의금을 챙겨야하는 슬픈 9월의 정오,
사랑하는 아내와 그 어린 아들을 차마 그는
어찌 잊을 수 있으리
어찌 잊을 수 있으랴!
이 생각 나를 울게 했다
이 아침 분홍 나팔꽃은 예쁘게 피어 있었다
아직은 이울 때가 먼 그의 영혼
코스모스 핀 9월의 까만 밤하늘에 별이 되었어라

우선, 강 시인은「슬픈 9월의 정오」에서 실생활 속의 인문학이 접할 수 있는 통로와 공감대의 시적 환경을 조성하였다. 그것은 어느 날 갑자기 44세의 심장마비의 죽음으로 촉발되었다. 인간성도 진솔했던 신문기자의 요절, 24시간 긴장의 연속인 직업인으로 뛰어다녔지만, 갑작스런 죽음 앞엔 속수무책, '앞날이 창창한 비전과 젊음을 지닌' 나이였다. '죽음 앞에서는 아무 것도 아니어라!' 나이 사십이면 죽음에도 미혹되지 말았어야 했다. 죽음조차 조롱하고 죽음이여, 네가 죽으리라 결기를 부렸어야 했다. 허나 준비 없는 이별은 '식사 한 번 대접할 기회'도 주지 않고 사랑하는 처자식을 남기고 떠난 망자를 위해 '부의금을 챙겨야 하는' 이승에 남아있는 자들의 슬픔은 계절도 위로할 수 없다. '이 무슨 파발의 뉴스'는 또 언제 어디서 기습할지 모른다. 생자필멸이라지만, '아직은 이울 때가 먼 그의 영혼'이라서 더 안타깝다. 그렇다, '코스모스 핀 9월의 밤하늘의 별'을 보면, 옆집에 누가 사는 지도 모르고 바쁘게 살아가는 현대인들이 자기 자신과 가족, 친구, 동료, 이웃을 새삼 돌아보며 어루만지고 위무하는 성찰의 계기가 되면 좋겠다.

공직, 그 낮은 자리만을 지켜온 삶
이렇게 저렇게 휘갈킨 아픔
그 뉘 있어
시련의 병명을 알 수 있으리오?
첫사랑처럼 곪은 가슴앓이,
그 삶의 파릇한 정원에
언약의 빛 살포시 비춰주고
긴 그림자로 남아있는
그대의 메아리,
붙잡을 수도 없는
떠나라고 소리칠 수도 없는
그대는 나에게 누구인가?
사랑, 그 화살을 붙들어 안고
안으로 고요하게 다지며 지나온
오랜 시간 그 해묵은 세월,
너무 밝은 태양빛은 감당키 어려워
밤하늘 아래 키운 마음의 꽃,
그 은은한 달빛 사랑하다 그만
흙담집 시골 출생 순이는
달맞이꽃이 되었답니다

–「그 달맞이 꽃 일기」 전문

월견초月見草라고도 했던가? 달맞이꽃은 쓸쓸한 기다림의 화신이다. 아직 새벽달이 채 이울지 않은 여명의 산책길, 저 쪽 한 편에서 수줍어 노랗게 미소 짓고 있는 꽃잎에 코를 갖다 대기라도 할양이면 그 은은하고 아련한 향기에 절로 두 눈이 감기던 추억의 장면이 겹친다. 첫사랑의 요정이다. 별보다 달을 사랑한 요정은 앉으나 서나 당신 생각으로 그때나 지금이나 별이 뜨지 않는 밤이면 달과 사랑하기를 원했다. 달을 볼 수 없게 된 기다림의 요정은 점점 야위어 끝내 이르지 못한 사랑 때문에 병들어 죽고 말았다. 그러나 그때 그 님의 향기는 '그 삶의 파릇한 정원에'서 영원하며 생명의 자양분이 된다. 그 같은 '시련의 병명'은 시인의 '달맞이꽃 일기'에서 '첫사랑처럼 곪은 가슴앓이'로 수줍게 피어난다. 언약만 '살포시 비춰주고' 사라진 '긴 그림자', 그 후 '붙잡을 수도 없는' 무수한 메아리의 반향, 사랑의 화살에 꽂혀 '안으로 다지며 지나온' 불면의 밤이었다. 그것은 칠흑의 '밤하늘 아래 키운 마음의 꽃'이요, 기다림의 구현이다. '흙담집 순이'의 달맞이 꽃 인생이 시인의 일기에 곱게도 적혀 있다.

게장이 먹고 싶다

어느 날 아침
느닷없는 말씀에 게장집을 찾아갔다
이사하고 없다
너무 안타깝다

새벽 2시쯤
어머니 손의 종이 울렸다
얘, 큰애야 배고프다
국수 좀 삶아줘라
참기름 넣고 비벼줄까요?
고개만 끄덕인다
잠이 쏟아지는 눈꺼풀을 비비며
국수 요리를 했다
아주 조금이다
맛있게 잘 먹었다!
순간 감사함이 밀려왔다
아!
어머니, 그 말씀에 눈물이 나네요

–「간병일기 3」 전문

시인은 지금 간병인의 입장이다. 어머니는 지금 피 간병인被看病人, 간병이 필요한 환자다. 거동이 불편한 어머니의 활동 전모를 보살피고 도움을 주어야 한다. 누구나 그렇듯이 어머니는 사랑의 종교였다. 특히 아픈 어머니는 그 사랑을 배가시킨다. 다행히도 무엇인가 드시고 싶다고 하신다. '게장이 먹고 싶다'거나 '얘 큰애야 배고프다 국수 좀 삶아줘라' 새벽 두 시고 시간의 구애 없이 먹거리를 요구하신다. 효녀 시인은 '잠이 쏟아지는 눈꺼풀을 비비며' 철부지 어른께 국수요리를 대령했더니 '맛있게 잘 먹었다' 응답하신다. 어미의 그 말에 시인의 눈가엔 왜 눈물이 고였을까? 어머니에 대해 무언가를 행하고 쓴다는 것은 사랑한다는 것, 기도한다는 것, 아프다는 것, 귀의한다는 것, 감사한다는 것, 그리고 끝까지 그 분을 곁에서 지켜드려야 한다는 지상의 약속 같은 것이다. 헤르만 헤세는 어머니께 이런 편지를 썼다. '하고 싶은 이야기가 많았습니다. 나는 참 오랫동안 타향에서 지냈습니다. 그래도 나를 가장 잘 이해해 주시는 이는 언제나 어머니, 당신이었습니다.' 동서고금을 막론하고 어머니는 누구에게나 사모곡思母曲의 대상이다 그 무조건적인 사랑과 희생의 포용력이 자식 된 시인의 고해성사적인 하소연의 대상이 되는 것이다. 그러다 늙어버린 어머니, 누군가에게 요양이 필요한 어머니의 노년의 풍경은 시인의 눈에 그렇게 쓸쓸하고 외로울 수가 없다. 젊음이 노력으로 받은 상이 아니듯 늙음이 잘못으로 받은 벌이 아니지 않은가?

형제자매 6남매가 태어나 자란 곳
약 100년 되는 흙집 농가

어느 날 한 통의 전화
날짜가 비는데 집 고칠까요?
설계도를 그려서 건네주다

12일 그 긴 날의 수레바퀴
삼복더위에 땀범벅으로
일하는 사람들을 바라보며

내 영혼도
땀 흘린 지난날을 생각한다

아버지 어머니의 피땀으로 장만한
초가 4칸
빨간 벽돌로 둘러쌓고
옛 창호, 이중 창문으로
재창조된 예쁜 집
기쁜 마음으로 바라보며
이승을 떠난 아버지 어머니의
그 깊은 그리움에 젖다

삶의 터전 소중한 흙집
행여나 쓰러질까
마음 쓰인 농가
불효의 그림자 그 아픈 세월을 가늠하며
효심의 불씨를 피우다
창문이 있어 더욱 정겹고 아름다운
현대식으로 건축된 아담한 농가
행복한 마음으로 바라봄은

–「100년 흙집」 전문

시인은 지금 100년이나 다 된 '흙집 농가를 현대식으로' 개조하는 건축현장에 놓여있다. 무려 12일의 공사 기간이 걸릴 만큼

곳곳이 낡고 허름해졌나보다. 하지만 그곳은 강 시인의 '형제자매 6남매가 태어나 자란 곳'으로 초가 4칸, 부모님 모시고 얼기설기 하나 되어 살아온 삶의 터전이요, 한 가족의 둥지였다. 30년 쯤 지나 내 사랑이 많이 약해져 있을 때 영혼을 태워서 당신 앞에 나의 사랑을 심겠다고 노래한 가수처럼 어즈버! 그 사랑의 초가집에 살아온 지 벌써 100년의 세월이 흘렀단다. 피고지고 지고피고 가고 오고, 오고 가고 아침과 저녁에 수고하여 다 같이 일하는 온 식구가 한 상에 둘러서 먹고 마셔 지낸 낙원이었다. 어버이가 자식들 고이시고 동기들 사랑에 뭉쳐있고 기쁨과 설움도 같이 하니 한 간의 초가도 천국이었으리라! 시인은 지금 다 헐은 초가집을 고치며 지난날의 상념에 깊이 잠겨 있다. '삼복더위에 땀범벅으로' 수고하는 인부들을 보며 '땀 흘려 일한 지난날을' 소중히 더듬어 보는 것이다. 부모님의 '피땀이 어린 초가 4칸'이요, 온가족의 '삶의 터전'이었던 '소중한 흙집'이었다. 시인의 따스한 영혼이 눕던 어린 날의 구름집이었다. 과거와 현재 사이로 아득한 밤이 흘러가고 뒤꼍 우물에서도 물 차오르는 소리도 밤새 들렸겠다. 작자는 지금까지 걸어온 길과 앞으로 걸어갈 길을 생각한다. '현대식으로 건축된 아담한 농가를 행복한 마음으로 바라봄은' 그런 눈물겨운 사연과 기억이'그 아픈 세월을 가늠하며' 마음 언저리에 도사리고 있기 때문이다.

요양병원에 입실한 어머니
어느 날
집으로 온다는 뜻밖의 소식
건강에 좋은 한지를 골라 도배했다
예수그리스도 사진 걸기
십자가 걸기
찬송음반 준비
꽃을 좋아하는 조신한 성품
인내심이 강한 검소한 어머니

황금빛 소국을 한 아름 꽂아놓고
어머니를 위한 최선의 정성을 쏟는다
만 하루가 번개처럼 흘러가고
땀과 고뇌로 얼룩진 육신
허리가 휘어질 듯 아프다

6남매를 길러온 하느님 같은
손발이 닳도록 일만 하셨던
어머니……
고단한 삶의 한가운데 서서
공들여 꾸민 방을
고요히 바라보며
집에 올 어머니의 얼굴을 떠올린다

—「어머니의 방」 전문

'너도 나이를 먹어 보아라 그러면 다 알게 될 거다' 어머니께서 생전에 하신 말씀이다. 그래, 이젠 세상을 웬만큼 알 것 같다. 그렇게 깨닫는 순간, 어머니는 곁에 안 계시다. 어디선가 다시 들리는 어머니의 목소리. '너도 이 곳에 와보라 그러면 다 알게 될 거다.' 만시지탄 후회한 들 지금 나의 어머니는 내 곁을 떠나셨다. 하나님은 모든 곳에 존재할 수 없었기 때문에 어머니를 만들었다는 말이 있다. 바로 그 하나님 같았던 어머니의 자리가 요양병원에서 집으로 옮겨오는 날이다. 자식으로서 그 분을 맞이하는 설렘과 기쁨을 작가는 어린아이의 심정으로 낱낱이 기술하였다. 우선 건강에 좋다는 '한지를 골라 도배'하기 부터 크리스천 엄마를 위해 '예수그리스도 사진 걸기', 믿음의 상징인 십자가 걸기, 평소 어머니가 익히 웅얼대시는 '찬송 음반 준비하기,' 그밖에 당신의 조신한 성품에 어울리는 '황금빛 소국 꽂아 놓기' 등등 어머니를 위한 나름의 정성을 쏟다가 번개처럼 하루가 지나간다. 6남매를 키우느라 고생하셨던 어머니를 맞이하는 느낌은 등불 들고 신랑을 맞이하는 신부의 심정과 진배없으리라. 효녀 시인의 맑고 고운 심성이 투박한 글 섶 행간에 웃는 낯으로 기웃거리고 간다. 바다 '海' 자에 어미 '母'가 들어간 뜻을 시인은 지금 한낱 어린 시냇물의 심정으로 마냥 기다리고 있는 것이다.

아침시간 열시 신들린 사람처럼
서울 시립미술관행에 올랐다

익산—강남 CD음악 들으며
외딴 섬처럼 떠 있는 강남터미널 도착
마중 나온 사람도
기다려주는 사람도 없는
텅—빈 서울,
혼잡한 인파를 헤쳐 나아가
한국화단의 대표적 작가
천경자 화백의 그림 앞에 섰다
아! 나르시시스트의 여인이여!
불행한 사랑과 가난, 그 삶을
아름다운 그림으로 승화시킨 여인
뭇 여인들이 싫어하는
그 뱀 그림도 즐겨 그린
기인 같은 여인
조국의 오늘 거목이 된 천경자 화백이여!
남은 시간 운명 같은 화필을 쥐고
생을 명상하시구려!버스—지하철—택시, 거미줄 같은 거리의 도로망
귀가 시간 밤 10시가 되었다
건강을 찾은 쏠로의 하루나들이
감성과 지성이 어우러진 행복한 하루였다

–「천경자 그림 앞에서」 전문

천경자 화백의 '미인도'와 '자화상'을 본 적이 있다. 원색의 육감이 꿈틀거리는 휘황한 색감에 넋을 놓았던 기억을 강 시인은 지금 내 마음

의 기억의 창고에 새롭게 반추시켜 놓았다. 그녀는 인생의 아름다움과 슬픔, 외로움들을 신비롭게 표현할 줄 아는 대표적인 여류화가의 반열에 서 있다. 어떻게 그렇게 가슴 속에 식지 않는 예술혼이 불타는 얼음처럼 잉태하고 있었을까? 특히나 그녀가 뱀 그림에 집착한 사연도 있다. 나물 캐러 갔던 소녀가 허리띠인 줄 알고 꽃뱀을 집으려다가 물려 죽은 일이 있었다는 것이다. 그래서 처음 그린 그림은 꽃뱀이 아니라 한 뭉텅이의 독사 그림이었다고. 실패와 좌절을 맛보고 자신의 삶에 저항하기 위해 택한 소재가 뱀이었다는 것이다. '창세기'에서 금단의 사과를 따먹도록 유혹한 뱀의 교활함을 불식하려는 천경자 화백만의 거대한 프로젝트였다.

시인은 어느 날 예술 끼가 몹시 발동하였음인지 '서울 시립미술관'을 찾았다. '텅 빈 서울'의 한 복판에서 드디어 '천경자 화백의 그림 앞에 섰다'고 뇌는 순간, 시인은 나르시시스트가 되어 몰아의 경지에 몰입한다. 불행한 사랑과 가난, 그 삶을 그림으로 승화시킨 여인 앞에 명상하듯 경건한 마음으로 탐닉하고 나니 '귀가 시간은 어느덧 밤 10시가 되었다.' 특히나 '뭇 여인들이 싫어하는 뱀 그림을 즐겨 그린' 이유는 인간 본연의 원죄 의식의 반성적 사유思惟는 아니었을까.

삶의 의지력이 강한 강 시인은 그야말로 살아남기 위한 전쟁으로 〈철야일지〉를 쓴다.

〈집표하던 첫날〉은 대합실을 지나 저만큼 걸어오는 눈이 먼 소녀와 어머니의 어두운 표정을 보고 눈시울을 적시기도 한다.

〈시인의 사랑〉에서는 '헤르만 헤세가 구름을 사랑하듯' 누군가를 사랑했다고 쓰고 있다. 헤세는 구름을 이해하지 못하고는 나그네 길을 이해하지 못 한다고 했는데, 떠도는 구름이 시인의 시심을 불러일으켜 주었을 것이다. '이별 없는 영원한 사랑을 위하여' 만남과 이별이 상존하는 현실의 무게에 우리는 늘 힘겨워하는 동질감을 갖고 있다. 그러구러 팔순 넘은 어머니는 〈11월의 아침 해변에서〉 아침 바다를 마중하고, 고기잡이배는 희망의 아침을 싣고 포구로 돌아오며 그 해변에서 빛으로 살아남기를 기원하기도 한다. 강 시인은 6남매 장녀로서 공무원인 아버님이 재직 중 과로사로 돌아가신 후 장녀로서 결혼도 안하고 홀로되신 어머니를 도와 가정사의 무거운 짐을 짊어져야 했다고 한다. 지금도 독신으로 살며 열정적으로 시를 공부하고 있다. 그래서인지 〈벼랑에 핀 꽃〉은 동화의 나라에 뿌리를 내리고 인동초처럼 살아온 내 청춘, 내 삶의 "눈물 꽃"이었다고 회고하기에 이르는 것이다.

이제껏 강 시인의 시를 두루 읽으며 문득 '철도원'이란 영화를 생각했다 하얀 눈으로 뒤덮인 시골 마을의 종착역, 평생 역을 지켜온 주인공은 눈이 내리면 눈송이를 쏟아내는 먼 하늘을 하염없이 바라본다. 지난날 잃어버린 소중한 흔적을 찾는 그리움의 몸짓이다. 그 작은 몸짓이 의미하는 것을 강 시인은 '그 달맞이꽃 일기'에서 살포시 내비쳤다. 그리움을 놓지 않으면 꿈은 이루어진다는 소박한 공식을 입증해 보인 것이다. 레일의 기적이 울릴 때 마다 자신을 추스르고 경고음으로 삼고 집필에 전념한 강 시인의 노고가 아로새겨진다. 가끔은 철로 위에서 두 손을 치켜세우고 '나 다시 돌아갈래!'를 외치던 영화 '박하사탕'의 영호를 떠올리기도 한다.

고향보다 높은 본향으로 돌아가시길 소망하는 팔순 어머니, 그 와중에 문학을 하고 글쓰기를 한다는 것은 일치되지 않는 두 평행선을 고독하게 걸어가는 것과 같다. 그렇다, 우리는 모두 앙상한 자코메티의 조각상처럼 어디론가 끝없이 걸어가는 사람들이다. 우리는 계속 걸어 나가야 한다. 그것이 설령 하나의 환상 같은 감정일지라도 무언가 새로운 것이 또 다시 시작될 것이다. 당신과 나, 그리고 우리는 계속 걸어 나가야 한다.

글쓰기는 사실, 자신을 억제하면서 창조성을 통해 타인과 소통하는 것이다. 나는 벗어나려고 하지만, 여기 내 주위에 내 안에 자꾸 얽매여 떠나려 하지 않는다. 그러면 차라리 그 속에 가라앉아야 한다. 삶에서 철학함을 배우는 일. 강 시인은 그렇게 자신을 채찍질하며 끝없는 등반과도 같은 문학의 길을 걸어오며 인간성의 연금술을 계속하고 있다. 다만, 느슨해지기 쉬운 산문체의 유혹에서 벗어나 연륜과 숱한 경험이 빚어낸 짧은 서정시의 깊은 맛에 흠뻑 취해 보기를 권하는 바이다. 다양성을 특색으로 하는 인문학에 보다 접근하기 위해서 독서와 사색, 끊임없는 詩作공부를 게을리 하지 말아야 할 것은 당연지사로 치고 말이다.